novum pocket

Jasmin Wessner

Auf ein Wort

24 Jahre auf Papier

novum pocket

Bibliografische Information
der Deutschen Nationalbibliothek:

Die Deutsche Nationalbibliothek verzeichnet diese Publikation in der Deutschen Nationalbibliografie. Detaillierte bibliografische Daten sind im Internet über http://www.d-nb.de abrufbar.

Alle Rechte der Verbreitung, auch durch Film, Funk und Fernsehen, fotomechanische Wiedergabe, Tonträger, elektronische Datenträger und auszugsweisen Nachdruck, sind vorbehalten.

Gedruckt in der Europäischen Union auf umweltfreundlichem, chlor- und säurefrei gebleichtem Papier.

© 2024 novum Verlag

ISBN 978-3-903468-47-4
Umschlagabbildung:
www.pixabay.com
Umschlaggestaltung, Layout & Satz: novum Verlag
Autorenfoto: Ilias Seghir

www.novumverlag.com

Inhaltsverzeichnis

Der Mut 11
Regentropfen und ihre Gespenster 12
Die Kunst des Schreibens 12
Stark sein oder nicht stark sein –
das ist hier die Frage 13
Das Mädchen und seine Welt 13
Traum und Realität 14
Die Dunkelheit, Dein Freund 15
Reue und das Wagnis 16
Der Himmel, der weint 16
Das Leben und seine Veränderungen 17
Die Schönheit der Poesie 18
Die Macht des Lebens 19
Ein Wort: Leidenschaft 19
Die Reise zu mir selbst 20
Die Magie der Nacht 20
Das Erdbeben der Worte 21
Die kleine Kerze 21
Du erntest, was Du säst 22
Das Geheimnis des Verborgenen 23
Das Spiegelbild der Seele 23
Liebe und ihre Schönheit, Liebe
und ihre Hoffnung 24
Wo Gier, da Verlangen 24
Das Leben und seine Verletzlichkeit 25
Die Narben 26
Die Liebe und der Wahnsinn 26
Dein Verlust 27
Mein eigener Herr 28
Der Musik Vermächtnis 29

Bittersüße Träume 29
Glück erreicht Dich selten kampflos 30
Stille 30
Ausbruch 30
Schwärze 31
Schwäche zu Stärke, Nachteil zu Vorteil 31
Sieh die Welt, wie sie ist 32
Der Heilungsprozess 32
Jetzt oder nie 32
Ehrlichkeit 33
Schneeflocken im Winter 33
Sei Dir selbst am nächsten 34
Vertraue Deinem Instinkt 34
Mit Bedacht, Güte und Liebe 34
Schmetterling, flieg hoch 35
Nächtliche Fantasien 36
Drei Tränen 36
Poesie, etwas Greifbares 37
Ihre Gedanken, ihr Sein 38
Die Unverfrorenheit der Menschen 38
Enttäuschung und ihre Wahrheit 39
Positive Gedanken 39
Perfektionismus 40
Lebe für Dich 40
Ich durchschaue Dich 40
Zu Hause 41
Abschied 41
Stille und Leere 42
Ich bin stark 42
Lass Dich fallen, aber falle nicht 43
Bücher 43
Sternschnuppen am Himmel 44

Deine Stimme	44
Diamanten	45
Atme	45
Tanzende Finger	46
Der Klang der Musik	46
Trau Dich	47
Anders	47
Wo bist Du?	47
Du und ich	48
Tulpen auf dem Feld	48
Wenn der Regen fällt	49
Du weißt nicht	49
Sag mir die Wahrheit	50
Mein Held	50
Glück und seine Bedeutung	51
Gib Dich zu erkennen	51
Mach Dich nackt	52
Ein Buch, tausend Emotionen	52
Du bist wertvoll	53
Fragen und Antworten	53
Weniger ist mehr	53
Überdenken kann toxisch sein	54
Meilen	54
Facetten	54
Schmerz und wie die Welt sich weiter dreht	55
Blut, Schweiß und Tränen	55
Die Güter dieser Welt	56
Etwas Neues ist geboren	56
Die vier Jahreszeiten	56
In meinen Armen bist Du zu Hause	57
Ich denke an Dich	57
Imposante Worte	58

Wachse	59
Du bist schön	60
Ich über Dich	60
Die Splitter meiner selbst	61
Sie sind nicht Du	61
Deine Superkraft	62
Lass los	62
Vier Elemente	63
Die Wanderin	63
Folge Deinem Herzen	63
Hass	64
Der Kampf gegen Dich selbst	64
Smalltalk	65
Wie ein Vogel	66
Die kleinen Gesten im Leben	66
Das Flüstern des Universums	66
Des Lebens Pläne	67
Veränderungen	67
Das Begräbnis	67
Zeit und Erwachsensein	68
Unausgesprochenes	69
Mondschein	70
Dein eigenes Glück	70
Sprich die Wahrheit	71
Spuren	71
Die Macht des Menschen	72
Fremde	72
Eine Brücke aus Feuer und ein Lächeln	72
Zuversicht	73
Zeit	74
Irgendwo ist ein Licht	74
Die Worte, die ihre Taten vermissen	74

Herz über Kopf 75
Blumen 75
Gegen eine Wand 75

Der Mut

Eines Nachts, als sie mit beiden Beinen im Sand verankert vor dem Anbruch des Meeres stand, die angenehme Brise des Windes durch ihr Haar wehte und die Wellen an der Küste brachen, fand sie Liebe. Sie erblickte den sternenklaren Himmel, der Mond schimmerte an der Wasseroberfläche. Von etwas weiter hinten konnte man die vielen Menschen hören, die sich gerade den Zucker vom Rand ihres Cocktailglases auf der Zunge zergehen ließen, sich den rhythmischen Bewegungen ihres Körpers auf der Tanzfläche hingaben oder einfach nur einem gemütlichen Kartenspiel an der Poolterrasse widmeten. Doch direkt am Meer war es still. Man konnte lediglich das leise Geräusch der Mücken hören, das sie von sich gaben, wenn sie sich gerade gänzlich in ihrem Element befanden. Sie blickte auf das weite Meer hinaus und schlagartig wurde ihr bewusst, dass es mehr im Leben gab, als die missliche Lage, in der sie sich befand. So viele Menschen. So viele Kontinente, so viele Länder und Städte. So viel, das es noch für sie zu entdecken gab, wenn sie bloß den Mut hätte, sich loszureißen. Und ihr wurde klar; Mut ist nichts, das man zwangsläufig haben muss oder haben kann. Mut ist etwas, das man in den dunkelsten Zeiten seines einsamen Daseins zulassen muss, um wieder die Sonne durchblitzen zu lassen. Mut ist etwas, das sich breit macht und vor die Angst stellt, wenn er auch noch so klein ist. Mut ist eine Entscheidung. Und sie entschied sich, mutig zu sein.

Regentropfen und ihre Gespenster

Welch mutiger Anblick, die Regentropfen, wie sie plätschern aufs eiskalte Fenster; hinter Deinem Rücken, wenn Du gehst, es wandern stets meine Gespenster.
Mein Blick, ganz vertieft, als Du es wagst, mich zu passen; scheinst jedes Mal so unberührt, ganz gelassen.
Die Sehnsucht, ein so bedeutsames Wort; frisst sie mich auf, treibt sie mich immer wieder hinfort.
Treibt sie mich hin und her in Deinen Armen, als kanntest Du es nicht anders; hab doch ein kleines bisschen Erbarmen.
Ich lechze nach Dir, bei Tag, wie bei Nacht; Du stehst vor mir, täglich aufs Neue, in Deiner atemberaubenden Pracht.
Wie soll ich entkommen, diesem unglaublichen Verlangen? Zerstört es stets mein Herz, schafft es dennoch an schlechten Tagen, mich aufzufangen.
Solche Gefühle, ich denke, ich könne explodieren; wie sie sich in meinem Herzen so stark manifestieren.
Liebe hin, Liebe her; ich fürchte, ich weiß gar nichts mehr.
Welch mutiger Anblick, die Regentropfen, wie sie plätschern aufs eiskalte Fenster; nun ist es an der Zeit sich einzugestehen, es sind grausame Gespenster.
Sie verfolgen mich, diese einsamen Gespenster; sieh sie Dir bloß an, auf diesem eiskalten Fenster.

Die Kunst des Schreibens

Schreiben ist die Kunst, selbst den banalsten Dingen Ausdruck zu verleihen und die Fantasie der Menschheit anzuregen. Schreiben ist die einzige Art und Weise mit

Hilfe von Worten, und ohne den Händen eines anderen Menschen, entblößt zu werden, den Körper mit einer Form der Erotik zu begeistern, die er noch nie zuvor erleben durfte. Wer einmal die Schönheit und die Macht des Schreibens für sich entdeckt hat, wird sich wünschen, völlig ohne verkrampfte Muskulatur in den Händen an der Schreibmaschine, dem Computer, oder – ganz altmodisch, aber definitiv mit Klasse – am Papier zu sitzen und eine neue Welt entstehen zu lassen.

Stark sein oder nicht stark sein – das ist hier die Frage

Sag, wie soll ich stark sein, wenn der Duft, den Du auf dir trägst, meine Poren durchdringt?
Sag, wie soll ich stark sein, wenn Deine Augen mich fesseln und ich meinen Blick nicht von Dir abwenden kann?
Sag, wie soll ich stark sein, wenn Deine Stimme meine Ohren berauscht und keine andere Melodie noch durchdringt?
Sag, wie soll ich stark sein, wenn Deine Arme mich umschlingen und Du drohst, nicht mehr loszulassen?
Sag, wie soll ich stark sein, wenn alles, was Du mit mir machst, mich in die Knie zwingt?
Wie?

Das Mädchen und seine Welt

Sie wirkt so abwesend. Warum wirkt sie so abwesend? Warum wirkt sie so verloren? Sie ist so in sich gekehrt. Sie passt nicht in diese Welt.

In einer Welt wie der ihren, schafft sie weitere Galaxien und Welten mit Gedanken, die Du und ich niemals verstehen können. Sie passt nicht in diese Welt, weil sie sich bereits in ihrer eigenen gefunden hat.
Sie spricht viel zu viel. Warum spricht sie so viel? Warum ist sie solchermaßen wortgewandt? Sie ist so laut. Sie passt nicht in diese Welt.
In einer Welt wie der ihren, existieren ganze Flächen an Worten, ganze Spannen an Sätzen, die Du und ich niemals verstehen können. Sie passt nicht in diese Welt, weil ihr Reichtum an Ausdruck zu imposant ist.
Sie denkt so oft nach. Warum denkt sie so oft nach? Warum überdenkt sie alles? Sie ist so grüblerisch. Sie passt nicht in diese Welt.
In einer Welt wie der ihren, beherrschen Philosophie und Poesie ihr Sein, deren Auffassung und Abhandlung Du und ich niemals verstehen können. Sie passt nicht in diese Welt, weil sie zu tiefgründig und weitreichend für die Oberflächlichkeit der Menschen hier ist.

Traum und Realität

Eines Nachts wachst Du auf, weil die Träume, die Du träumtest, so eindringlich sind, dass Dein Körper vor Erregung anfängt zu zittern. Du kannst spüren, wie die Schweißperlen, die sich zuvor noch nur auf Deiner Stirn sammelten, nun langsam Dein Gesicht herunterwandern, entlang Deines Halses, wo sie auf Deiner Halsschlagader anfangen, zu tanzen. Du erwischst dich dabei, wie Du ohne großes Überlegen, ohne Vernunft, und ohne das Wagnis zu überdenken, in Deine Schuhe schlüpfst, Du vergisst sogar, Dir Socken überzuziehen und Dir eine Jacke anzulegen. Draußen weht ein kühler Wind, mindestens genauso eindringlich, wie die Träume, die Du träumtest, fast schon so, als hätten sie sich abgesprochen, Dich aus Deinem Schlaf zu reißen. Er weht Dir durch die Haare, pfeift Dir durch die Ohren und trocknet Dir die Augen. Er wirkt so überschwänglich, als wollte er Dir etwas sagen, das Du nicht ansatzweise noch begreifst. Ein Fuß vor den anderen, immer weiter den weiten Weg entlang, furchtlos, wie noch nie zuvor, endlich bereit aufzuwachen und Deine Träume zu leben, anstatt ihnen in Deinem Schlaf zu begegnen.

Die Dunkelheit, Dein Freund

Wenn die Sonne den Horizont verlässt und die Dunkelheit beginnt, Dich einzuhüllen, so sorge Dich nicht.
Sie entfacht ein Feuer, das selbst die Hitze der Sonne tagsüber niemals entfachen könnte.
Sie ist Dein Freund, Dein Vertrauter, denn sie ist entblößt.
Sie ist Dein Liebhaber, denn sie entblößt Dich.
Wenn die Sonne den Horizont verlässt, sind es Worte, die die Sinne verführen.
Wenn die Sonne den Horizont verlässt, ist es Papier, das Dich wärmend umhüllt, Dich schützt, Dich liebkost.
Wenn die Sonne den Horizont verlässt, schreibe.
Schreibe, weil sie ein Feuer entfacht.
Schreibe, weil sie Dich entblößt.
Schreibe, weil sie Dich verführt.
Schreibe.

Reue und das Wagnis

Von all den Dingen, die man am Sterbebett wohl am ehesten bereuen würde, ist Reue selbst vermutlich das Fundamentalste.
Zu bereuen, nicht den ersten Schritt gewagt zu haben.
Zu bereuen, nicht die weitreichendsten Risiken eingegangen zu sein.
Zu bereuen, nicht die Wahrheit gesprochen zu haben.
Zu bereuen, Liebe und Leidenschaft nicht zugelassen zu haben.
Denn wie oft ist es der erste Schritt, der alle darauffolgenden in die Wege leitet?
Denn wie oft erweisen sich eingegangene Risiken als die besten Entscheidungen des ganzen Lebens?
Denn wie oft macht Wahrheit frei?
Denn wie oft erfüllen uns Liebe und Leidenschaft mit uneingeschränkter Vollkommenheit?
Bereue nichts. Wage alles.

Der Himmel, der weint

Als der Himmel weinte, weinte er für mich. Denn er wusste, was ich noch nicht wusste.
Als der Himmel weinte, weinte er für mich. Denn er wollte, dass ich nicht alleine weine.
Als der Himmel weinte, weinte er für mich. Denn er bestätigte, was ich ahnte.
Als der Himmel weinte, weinte er für mich. Ich sah auf und wusste, was geschah.

Als der Himmel weinte, weinte er für mich. Ich erhob mich und folgte dem Klang seiner Tränen.
Als der Himmel weinte, weinte er für mich. Ich weinte jetzt, weil er weinte.
Ich weinte, weil ich es wusste.
Ich weinte, weil ich nun alleine war.
Ich weinte, weil es geschah.
Nun hörte ich den Klang meiner eigenen Tränen, als sie meine Wangen streiften, auf meine Brust plätscherten und dort im Einklang mit meinem gebrochenen Herzen auf dessen Hülle tanzten.

Das Leben und seine Veränderungen

Wie faszinierend und beängstigend die ruckartigen Veränderungen des Lebens doch sein können; manchmal der Mensch sich dabei ertappt bei der Frage: „Was darf ich mir überhaupt ohne Folgen wahrhaftig gönnen?".
An manchen Tagen man erfährt vollkommenes Glück; dann wiederum zerfällt es zu einem einzigen Bruchstück.
An manchen Tagen man erfährt unwiderrufliches Leid; und dann einen packt anderen gegenüber der Neid.
Doch begreifen wir erst in den Stunden vollkommenen Glücks, ist wiederum die Unvollkommenheit der Beständigkeit dessen des Lebens Herzstück.
Und begreifen wir in den Momenten unwiderruflichen Leids, dass es lediglich drauf ankommt, wenn der Mensch flüstert: „Sei stark oder schwach, aber geschwind' entscheid".

Die Schönheit der Poesie

Da saß sie also, in einer milden Herbstnacht, am rechten Ende der längst verlassenen Parkbank. Sie inhalierte die kühle Luft, die mit dem Duft der herabfallenden Blätter der Bäume versehen war. So bereichernd, so schön, die Simplizität einer stillen, friedlichen Nacht im Herbst, dass daraus resultiert, der unaufhörliche Gedanke daran, dass die Größe der Schönheit in den kleinen Dingen liegt. Und es ward Poesie.
Die Kopfhörer, die tief in beiden ihrer Ohren verankert zu sein schienen, gaben keinerlei Töne in die Welt ab, fast schon so, als wären sie bloß Fassade, eine Form von Schutz vor unerwünschter Verständigung. So erfrischend, die Ruhe um sie herum, trotz des Getümmels der Menschen, dass daraus resultiert, der unaufhörliche Gedanke daran, dass manchmal Reden Silber und Schweigen Gold. Und es ward Poesie.
Ihre Playlist ausstaffiert mit den Siebzigern und den Achtzigern, ja, die jungen Leute halten sie für veraltet, für abgegriffen oder gar für uncool, für unzeitgemäß, ohne zu wissen. So befreiend, die Zeilen der Lieder von früher, da sie noch waren ernst gemeint, da sie noch waren verstanden, da sie noch hatten eine andere Bedeutung, dass daraus resultiert, der unaufhörliche Gedanke daran, dass Musik das ausdrückt, was das Herz nicht zu erklären vermag. Und es ward Poesie.
Es öffnet sich ihr Mund, ihre Worte different, ihr Ausmaß an Kommunikation im Überfluss, für alle anderen ermattend, sie bleiben stehen in Ungewissheit. So wundervoll das Vermächtnis einer herzhaft tiefgründigen Konversation, dass daraus resultiert, der unaufhörliche Gedanke daran, dass nichts auf der Welt schöner, nichts

auf der Welt prickelnder, nichts auf der Welt anziehender,
als ein geistreiches Wesen. Und es ward Poesie.
Nun verrate mir, oh Mensch; erkennst auch Du Poesie?

Die Macht des Lebens

Wenn die Sonnenstrahlen Dich bereits früh morgens wärmen, erkenne, wie mächtig die Welt doch ist; erkenne,
dass das Leben für uns alle bereithält eine besondere Frist.
Lass wahr werden all Deine Träume, werd' Präsident,
Schauspieler, Theoretiker, oder aber auch Pianist.
Erkenne Deinen Wert, und wie einzigartig Du bist.
Lass Dir nichts einreden, die Leute so oft aus sind auf
Zwist.

Ein Wort: Leidenschaft

Leidenschaft ist unendlich.
Sie ist der Grundbaustein für jede Form der Emotion.
Glück. Freude. Liebe. Lust. Wut. Leid.
Leidenschaft spornt uns an.
Sie gibt uns die Freiheit über die Stränge zu schlagen.
Ohne Leidenschaft wären wir nicht hier.
Ohne Leidenschaft wären wir nicht, wer wir heute sind.
Leidenschaft bestimmt unser Handeln.
Sie ist präsent, an jedem einzelnen Tag.
Leidenschaft kann Leben verändern und Berge versetzen.
Leidenschaft ist manchmal das, was Leiden schafft.
Leidenschaft ist groß. Vielfältig. Essenziell.
Sag mir also; wofür leidest Du?

Die Reise zu mir selbst

Als die sonst so farbenfrohen Blätter der Blüten des Frühlings und des Sommers an einem rauen, kühlen Herbsttag den Boden erreichten, wusste ich es.
Als die Sonne nicht mehr schien, und dicke graue Wolken den Himmel befleckten, bis es Wasser in Strömen regnete, wusste ich es.
Als die Stille mich behaglich stimmte, und Lärm mich ins Unbehagen stürzte, wusste ich es.
Als der Kreis zuerst stets kleiner, und kleiner und kleiner ward, bis er sich letztlich zur Gänze schloss, wusste ich es.
Als die Realität so viel schöner als jede Form des nächtlichen Träumens ward, und das Erwachen an jenem Morgen kaum zu erwarten schien, wusste ich es.
Als Unruhestifter keinerlei Auswirkungen und sehr viel mehr Dankbarkeit in mir entfesselten, wusste ich es.
Als das Spiegelbild meiner selbst mir gefiel, es sich nicht weiter als signifikant identifizierte befremdliche Blicke zu erhaschen, wusste ich es.
Ich wusste nun, ich war angekommen.
Angekommen bei mir selbst.
Angekommen in Frieden.

Die Magie der Nacht

So magisch, das Empfinden der Nacht; oft hab' ich darüber schon nachgedacht.
Doch wurde es mir erst bewusst, ganz intensiv; als ich ging, ganz direkt, zum ersten Mal in die Offensiv'.

Ein passendes Wort fiel und schon war es um mich geschehen; ich konnte eine eigentlich recht ungewohnte Vertrautheit erspähen.
Wie sie aus mir sprossen, die vielen Worte; doch viel überraschender waren die Deine, als seien wir bereits gemeinsam gewesen, an so vielen Orten.
Die Vulnerabilität der Nacht, wie magisch sie doch ist; führt sie zusammen, was längst war vermisst.

Das Erdbeben der Worte

Wenn die Emotionen im Überfluss vorhanden sind, nahezu schon greifbar sind; das ist der Moment, in dem Dich der Stift in Deiner Hand, der als Schreibwerkzeug dient entkleidet und in Deinen tiefsten Gedanken schwelgend, nackt auf Deinem Stuhl sitzen lässt. Das ist der Moment, in dem Dein Innerstes erbebt und Du Dich dem Strom dieser Lava aus Worten, nicht mehr entziehen kannst. Das ist der Moment, in dem die Welt um Dich herum mit ein bisschen Glück ebenfalls entblößt wird, denn sie kann das Beben, das Du auslöst regelrecht spüren, vernehmen, ja, sogar ergreifen, wie noch nie zuvor etwas Anderes auf dieser Welt vernommen ward.

Die kleine Kerze

Es gab da einmal eine kleine Kerze; grundsätzlich machte sie liebend gern viele Scherze.
Doch eine Sache, ja, die wollte sie unbedingt ändern; das helle Licht über ihrem Kopf, das wollte sie schnellstmöglich abwenden.

Es tat ihr schon weh, so viel davon zu haben; sodass sie sich entschied, es all jenen zu schenken, die nicht haben viele Gaben.

Die kleine Kerze begann sich also auf ihre große Reise; und fand auf der Straße viele Obdachlose, Streuner und Waise.

An Weihnachten solch traurige, einsame und verzweifelte Gesichter zu sehen; das brachte die kleine Kerze auf eine Menge Ideen.

Das Licht über ihrem Kopf schien so hell, spendet Wärme und Trost; nun sollen es die anderen sein, die es liebkost.

Die kleine Kerze schloss die Augen und begann, in sich zu gehen; es ist an der Zeit, die Wahrheit zu sehen.

An Weihnachten, ja, da gibt es so viele Menschen; die für niemanden haben, etwas zu schenken.

Sie selbst haben nichts, brauchen viel; haben doch stets ein und dasselbe Ziel.

Ein bisschen Liebe, Wärme, Zuneigung, eine warme Speise, gemütliche Betten; und was tun wir, die haben viel Geld? Wir schmeißen es beim Fenster hinaus, bei sinnlosen Wetten.

Drum schenket zu Weihnachten all jenen etwas; die könnten tatsächlich gebrauchen ein paar feine Extras.

Du erntest, was Du säst

Lass die Zeilen, die Du zu Papier bringst, frei in die Welt. Hab keine Angst vor der Ablehnung Deiner Tiefgründigkeit gegenüber, denn nicht jeder kann diese verstehen. Erfreue Dich daran, dass Du verstehst und verstanden hast, dass Du erkennst und erkannt hast. Sei glücklich und zufrieden damit, sei stolz darauf, dass Du etwas erschaffen hast, wo andere nicht einmal etwas pflanzen können. Erfreue Dich an der Ernte, die daraus entstand, was Du einst gesät.

Das Geheimnis des Verborgenen

Dort, wo das Verborgene liegt, liegt irgendwo auch Schmerz.
Dort, wo das Verborgene liegt, liegt irgendwo auch Leid.
Dort, wo das Verborgene liegt, liegt irgendwo auch Hoffnung.
Dort, wo das Verborgene liegt, liegt irgendwo auch Spannung.
Es schmerzt, weil das Verborgene verborgen ist.
Du leidest, weil das Verborgene verborgen ist.
Du hoffst, dass das Verborgene an die Oberfläche dringt.
Du bist gespannt, ob Du auf das Verborgene Antwort erhältst.
Geh in Dich und sag mir, was Du verbirgst.

Das Spiegelbild der Seele

Die Augen, das Spiegelbild der Seele; manch einen Menschen mit ihrer Schönheit, sie quälen.
Wie sie glänzen, in ihren unterschiedlichsten Farben; in manchen man erkennt einige Kriegsnarben.
Sind nicht die Augen das Fesselndste, das es am Menschen gibt? In manche man sich auf den ersten Blick verliebt.
In manchen man erkennt Schmerz oder Trauer; manche hingegen, sie bilden eine unüberwindbare Mauer.

Und schwer ist es dann, zu erkennen; was wird gefühlt,
wovor versucht der Mensch wegzurennen?
Doch eines ist klar; die Augen, niemals sie trügen.
Die Augen, das Spiegelbild der Seele; niemals sie lügen.

Liebe und ihre Schönheit, Liebe und ihre Hoffnung

Das schönste Geschenk, das mir die Liebe je gab, war die Brille der Schönheit. Und blickte ich durch sie hindurch, so erstrahlte die Welt in viel schönerem, helleren Licht; wie schön, diese Schönheit.
Das größte Geschenk, das mir die Schönheit je gab, war der Zweig der Hoffnung. Er wuchs, und wuchs, Tag ein, Tag aus; so groß, diese Hoffnung.
Das mutigste Geschenk, das mir die Hoffnung je gab, war Hoffnung selbst; Hoffnung, dass die Schönheit der Liebe durch die Liebe zur Schönheit in tiefster Hoffnung nie erlöschen mag.

Wo Gier, da Verlangen

Wie fühlt sie sich an, die Gier, die wohlbekannt auch Verlangen genannt wird? Wie fühlt es sich an, wenn sie Dich überkommt? Sag, wie fühlt es sich an? Wie weiß ich, dass sie echt ist, diese Gier, die wohlbekannt auch Verlangen genannt wird?
Wenn Du das Gefühl hast, nicht atmen zu können und Deine Lungen dennoch mehr als je zuvor mit Sauerstoff beladen sind.

Wenn Du das Gefühl hast, dass Dein Herz droht stillstehen zu bleiben, obwohl es doch gerade erst einen Anlauf genommen hat.
Wenn Du das Gefühl hast, dass der Rest der Welt gerade vollkommen irrelevant geworden ist, obwohl dies dem absoluten Gegenteil entspricht.
Wenn Du das Gefühl hast, nicht genug zu kriegen, obwohl es mehr ist, als Du dir je hättest erträumen können.
Wenn Du das Gefühl hast, gelähmt zu sein, und Du in Deinem Körper dennoch die Millionen kleinen Feuerwerke explodieren spürst.
Wenn Du das Gefühl hast, nicht sprechen zu können, wenn Du glaubst, dass Dein Wortschatz sich nun um ein Vielfaches verkleinert hat, und dennoch sprießen die vielen Worte geradewegs aus Dir heraus und bilden vielerlei Sätze.
Wenn Du das Gefühl hast, dass der Apfel, den Du zuvor gegessen hast, nach nichts schmeckte und sein Geschmack nun süßer ist, als alles, das Du je zuvor kosten durftest.
Wenn Du das Gefühl hast, nichts riechen zu können, und nun plötzlich das Wandgemälde der Tulpen wahrnimmst, als stündest Du auf einer frisch blühenden Wiese.
Wenn Du an ihn denkst, diesen Menschen, während all dieser Sätze.
Dann weißt du es. Dann weißt Du, dass sie echt ist, diese Gier, die wohlbekannt auch Verlangen genannt wird.

Das Leben und seine Verletzlichkeit

Die Vulnerabilität des Lebens ist das, was es so einzigartig macht. So hochinteressant. So unüberschaubar und trotzdem gut durchdacht. Denn jeder Tag könnte der absolut letzte sein. Jeder Tag könnte für uns die Wendung eines jeden Schicksals bedeuten. Sowohl im guten, als auch im schlechten Sinne. Deshalb müssen wir diese Vulnerabilität nutzen, die Tatsache, dass wir unumschränkt angreifbar sind, um jeden Tag zählen zu lassen. Jeder Tag sollte die Möglichkeit haben, etwas Großartiges zu sein.

Die Narben

Irgendwann wirst Du fähig sein, die Narben an Deinem Körper zu berühren. Du wirst erkennen, dass diese Narben ein Zeichen Deiner hartnäckigen Überlebenskunst sind, ein Zeichen für die Fähigkeit, auch die schlimmsten Kämpfe zu überstehen. Du wirst Dich selbst darin erkennen und wissen, dass Du unbesiegbar bist.

Die Liebe und der Wahnsinn

Wenn die Welt für den Bruchteil einer Sekunde sehen bleibt, dann weil die Nähe zu Dir, mich in den Wahnsinn treibt. Im Kopf vor einer jeden nächsten Berührung Bilder entstehen, und dann im Nachhinein, weil nichts passiert wie erwünscht, ich könnte durchdrehen.
Wie ich jedes Mal aufs Neue versuche, Dir näherzukommen, und trotzdem all meine Versuche und Ideen wie Sand in den Fingern zerronnen.
Nehme ich mir doch jedes Mal wieder vor, Dich zu ergreifen, verblasst der Moment in einer solchen Geschwindigkeit, ich kann es nicht begreifen.

Möchte ich doch einmal nur etwas in Dir auslösen, während ich bin bewacht in Deinen Armen, diesen kräftigen, pompösen.
Will Dich berühren, wo Dein Körper erbebt, in meinem Eigenen, dieses Verlangen schon so lange lebt.
Will Dich in die Knie zwingen, in Dein Wesen eindringen, Dich leidenschaftlich erklimmen, doch werde das Gefühl nicht los, ich müsste hierfür erst mal durch den tiefen weiten Ozean schwimmen.
Sag mir doch bitte, oh gebündeltes Geheimnis; wie durchquere ich ohne Schaden diese tiefe Wildnis?

Dein Verlust

Dich zu verlieren war nicht nur meine allergrößte Angst, es hat mich zerstört; als der Anruf kam an einem Montagvormittag und ich dachte, ich hätte mich verhört.
Ich brach in einer Welle aus Tränen aus und dachte, mein Herz würde stehenbleiben; ein Knoten aus unendlichem Schmerz und Wut mich dazu trieben zu klopfen an des Autos Fensterscheiben.
Die Luft aus meinen Lungen entwich; als hätte ich verpasst bekommen einen tödlichen Stich.
Was da passierte, es schien so surreal; mein Leben sich schlagartig veränderte mit einem Mal.
Dich gehen zu lassen, war das Schwierigste überhaupt; ich wurde um all mein Lebensglück beraubt.
Nun habe ich gelernt, mit diesem Schmerz zu leben; und möchte viel mehr auf ein Leben danach an Deiner Seite streben.

Möchte kämpfen, dass wir uns eines Tages wiedersehen; auf, dass ich Dich wieder in meine Arme schließen kann und wir den Weg der Unendlichkeit gehen.

Mein eigener Herr

Als ich die Ecken und Kanten meines Körpers wahrnahm und begriff, dass ich es bin und er Mein ist, so fing ich an mich zu drehen. Ich kleidete mich in die Kleidungsstücke ein, die mir gefielen, die ich hübsch fand, Kleidungsstücke, in denen ich mich selbst hübsch fand. Ich bürstete mein langes Haar bis es glatt über meinen Rücken fiel und ließ es lockig voluminös über meinen Brustkorb fallen, wenn mir danach war. Ich schminkte mich, betonte meine Wangenknochen, bepinselte mein Gesicht mit dem Ding, das sich Puder nennt und gab meinen Wimpern den königlichen Schwung, den sie verdienten. Meine Lippen bemalte ich mit Farbe, denn ich wollte sie in ihrer schönsten Pracht zu erkennen geben. Ich spazierte spät nachts durch den Park, führte ewig lange Gespräche mit meinen Freunden und tat, wonach auch immer mir gerade war. Ich realisierte, dass ich mein eigener Herr war. Ich hatte das komplette und absolut umfangreiche Recht, über mich zu entscheiden. Ich realisierte, dass Du nun keine Macht mehr über mich hast und empfang stattdessen meine eigene Vollmacht. Ich wurde mächtig. Ich wurde mein eigener Herr.

Der Musik Vermächtnis

Musik in meinen Ohren und ich denke an Dich; sag, denkst auch Du an mich, zumindest gelegentlich?
Musik in meinen Ohren und ich spüre Dich; ohne Deine Berührungen, ich fühl' mich so ärmlich.
Musik in meinen Ohren und ich vermisse Dich; sag, bin auch ich für Dich so eindringlich?
Musik in meinen Ohren und ich will Dich; das Bedürfnis, Dich zu haben, durchdringt mich innerlich.
Fühlst auch Du das Vermächtnis der Musik?

Bittersüße Träume

„Ich liebe dich. Habe ich immer und werde ich immer", hörte ich Dich flüstern. Ich sah Dir in Deine wunderschönen Augen und konnte es kaum fassen. Ich wusste nicht, wie ich reagieren sollte, also erwiderte ich Deine Worte: „Ich liebe dich auch. Habe ich immer und werde ich immer". Daraufhin berührten Deine vollen Lippen meine, Deine Hände griffen nach meinen Hüften, Du hast sie gepackt und näher an Dich herangezogen. So nahe, dass wahrscheinlich nicht mal ein Blatt Papier zwischen uns gepasst hätte. Ich konnte Deinen heißen Atem auf meinem Nacken spüren, als Du begannst, ihn zu küssen. Mein einziger Gedanke war nur, dass dies Geschehen zu wundervoll, zu eindeutig und definitiv zu makellos ist, um tatsächlich wahr sein zu können. Plötzlich hörte ich ein grelles Geräusch. Erschrocken riss ich meine Augen auf, und Recht behielt ich. Mein Herz schlug mir bis zum Hals, meine Hände berührten meinen gesamten Körper: „Welch bittersüßer Traum", dachte ich.

Glück erreicht Dich selten kampflos

Kämpfe um das, was Dir als zu wichtig erscheint, um es kampflos aufzugeben; lass Dich aber nicht entmutigen, denn der Weg zum Glück ist nicht immer nur eben.
Kämpfe um das, was Dir täglich aufs Neue durch den Kopf schießt; und irgendwann wirst Du erkennen, wie prachtvoll diese Blüte sprießt.
Kämpfe um das, was Dein Herz so sinnlich begehrt; und stelle fest, wie eines Tages der Erfolg sich mehrt.

Stille

Wie ich sie liebe, diese unendliche Stille. Denn sie bringt mich auf einen Weg, der mich mir selbst näher kommen lässt. Die Stille eröffnet mir Türen, von denen ich nie geglaubt hätte, dass deren Schlösser zu knacken, sich als so einfach erweisen würde. Die Stille klärt meine Gedanken, wo die Eingebung anderer sie nur verunreinigen. Die Stille bringt mich auf Ideen, auf die das Getöse der Menschen mich niemals bringen würde. Wie ich sie liebe, diese unendliche Stille.

Ausbruch

Dort, wo andere sich nicht trauen, sei mutig.
Dort, wo andere taub sind, lausche hellhörig.
Dort, wo andere verstummen, brülle.
Dort, wo andere die Augen verschließen, mach sie auf und sieh genau hin.

Dort, wo andere nicht hin greifen, packe tatkräftig an.
Egal, was Du tust, tu es, aber unterscheide Dich von den anderen und sei Du selbst.

Schwärze

Ihre Schuhe sind schwarz, jedoch nicht die Fußspuren, die sie hinterlässt, nein, sie sind bunt, weil sie voller Leben ist.
Ihre Jeans sind schwarz, jedoch nicht die Unterwäsche, die sich darunter verbirgt, nein, sie ist grün, weil sie voller Hoffnung ist.
Ihr Pullover ist schwarz, jedoch nicht der BH, den sie trägt, nein, er ist rot, weil sie voller Liebe ist.
So befasse Dich mit den inneren Werten und dem, was verborgen liegt, und erlange Verständnis und Wissen, das Dich frei macht.

Schwäche zu Stärke, Nachteil zu Vorteil

Wenn Du anfängst, Deine Schwächen zu Deinem Vorteil zu nutzen und sie Dich stärken lässt, wirst Du feststellen, wie Magie sich anfühlt. Und wenn Du diese Art der Magie spürst, lass sie sich in Deinem Körper manifestieren und halte an ihr fest, denn sie treibt Dich voran, wo Du glaubst, eine Mauer vorzufinden.

Sieh die Welt, wie sie ist

Schreiben stellt nicht die Flucht aus der Realität dar; viel mehr schafft es ein Verständnis für die wirkliche Welt. Schreiben gibt dem Menschen die Gelegenheit, auf absolut hemmungslose Weise ehrlich zu sein und Gefühle zu offenbaren, die er niemals aussprechen würde oder jemand anderem anvertrauen würde. Schreiben hilft, die Welt in Dir und außerhalb erkennbar zu machen und legt sie dar, wie sie wirklich ist. Schreiben ist ehrlich.

Der Heilungsprozess

Ich habe Dir nicht um Deinetwillen vergeben, viel mehr vergab ich Dir um meinetwillen.
Erst so konnte ich lernen, wie der Heilungsprozess funktioniert.
Ich habe Dir vergeben, um mich selbst frei zu machen, um den Stein, der sich so lange auf meinem Herzen befand, abbröckeln zu lassen und wieder fühlen zu können.
Vergebung ist nicht für die Menschen um uns herum.
Vergebung ist für uns selbst.

Jetzt oder nie

„Jetzt oder nie" dachte ich, als ich ein Risiko einging, dessen Auswirkungen ich mir nie konkret ausmalen konnte.
„Jetzt oder nie" dachte ich, als die Chance, auf die ich eine Ewigkeit wartete, zu verschwinden drohte.

„Jetzt oder nie" dachte ich, als meine Arme Dich umschlossen, und ich Dir endlich nahe sein konnte.
„Jetzt oder nie" dachte ich und entschied mich für das „Jetzt".

Ehrlichkeit

Sei ehrlich zu Dir selbst und zu dem, was Du willst; erkenne, dass nur auf diese Art und Weise, Dein Verlangen du stillst.
Gib Dich hin, ganz hemmungslos; so, wie es die Schauspieler machen in den großen Leinwandkinos.
Sei ehrlich zu Dir selbst und zu dem, was Du brauchst; auf, dass Du deinem Instinkt alleine vertraust.

Schneeflocken im Winter

Wenn die Schneeflocken fallen und der Schnee sich allmählich in den Wäldern zusammentut; dann in den Menschen vorm warmen Kaminfeuer die Seele ruht.
Wenn die Schneeflocken fallen und der Boden funkelt; dann die Menschen anfangen, ein klein wenig besser zu werden, man munkelt.
Wenn die Schneeflocken fallen und das Ende des Jahres nahe ist; dann die Menschen besonders liebevoll zueinander, jeden Streit man vergisst.
Wenn die Schneeflocken fallen und sie die Welt erhellen; sind sie meist herrlicher zu beobachten, als im Sommer am Meer die Wellen.

Sei Dir selbst am nächsten

Wenn die Menschen versuchen, Dich zu verbiegen; lass Dich von ihren Worten niemals unterkriegen.
In einer modernen Welt, wie der diesen; schaffen wir mit unserem Denken und Handeln so manche Krisen.
Wenn die Menschen versuchen, Dich zu verbiegen; kannst Du einzig und allein mit der Loyalität Dir selbst gegenüber siegen.
In einer modernen Welt, wie der diesen; lass Selbstbewusstsein und innere Stärke stets sein Deine Devisen.
Sei Dir selbst am nächsten und vergiss eines nicht; am Ende eines jeden Tunnels wartet ein Licht.

Vertraue Deinem Instinkt

Manchmal flüstert eine leise Stimme in Dein Ohr: „Vertrau auf Deinen Instinkt und glaube Deinem Bauchgefühl". Wenn diese Stimme ertönt und Deine Emotionen einnimmt, so lass Dich von ihr leiten und vertraue auf das, was sie zu sagen hat.

Mit Bedacht, Güte und Liebe

Wenn des Menschen schändlichste Worte fließen; so lasse Dich nicht von seiner Bitterkeit und Hartherzigkeit übergießen.
Wähle Deine Worte stets mit Bedacht, Güte und Liebe; dass daraufhin das Karma keine Rachepläne schmiege.

Reagiere geschickt und zeige Verständnis; damit Dein eigenes Verhalten anderer gegenüber Dir werde niemals zum Verhängnis.
So sprich mit Bedacht, reagiere mit Güte und gib stets Liebe; damit eines Tages Deine guten Taten überwiegen.

Schmetterling, flieg hoch

Als die Sonne an jenem Tag durch die üppige Hülle meines Seins blitzte, konnte ich die Wärme spüren, die in mir grassierte. Ich wusste, dass es schon sehr bald an der Zeit war, den Horizont zu suchen. Ich wartete auf ein Zeichen, dass mir den Befehl gab, mich nun auszubreiten und aus dem Kokon, in dem ich mich befand, auszubrechen. Ich vernahm ein komisches Picken. Als würde jemand an die Tür klopfen und sagen: „Nun wach schon auf und komm heraus, wir warten auf Dich!". Das Picken wurde immer lauter, stets imposanter, doch es reizte mich nicht sonderlich. Plötzlich konnte ich spüren, wie ich meine Ursprungsquelle verließ. Es fühlte sich irgendwie anders an, irgendwie falsch, irgendwie gefährlich. Da erkannte ich, dass ein Raubtier soeben dabei war, meine schützende Hülle zu knacken, zu mir durchzudringen und mich zu verletzen. Das konnte und wollte ich nicht zulassen. Ich stand in meinem Leben doch gerade erst am Anfang und konnte nicht dabei zusehen, wie jemand es aus mir herausholte. Da nahm ich all meine Kräfte zusammen und presste mich durch meinen sonst so schützenden Kokon und flatterte um mein Leben. Ich zwang all meinen Überlebenswillen und meine Kräfte in meine Flügel und schlug sie hoch und hinunter, hoch und hinunter, hoch und hinunter, minutenlang, bis ich schlussendlich den weiten Himmel erreichte. Ich fühlte den Wind in meinen Flügeln und konnte aufatmen, wie noch nie zuvor. Ich habe mich gegen meinen Feind bewiesen, und flog nun höher, als ich es mir jemals hätte erträumen oder wagen können. Die kleine Raupe verwandelte sich nun in einen prächtigen Schmetterling. Flieg hoch, Schmetterling; flieg hoch.

Nächtliche Fantasien

Eines Nachts, da packte es mich wieder; dieses Verlangen nach Dir legte sich auf all meinen Zellen nieder.
Dem Kusse muss ich ewig widerstehen; doch in meinen Träumen, unsere Lippen ein Liebesgeständnis erzählen.
So süß ist der Geschmack der Deinen; nun endlich sie sich in meinen tiefsten Gedanken vereinen.
Und gefährlich ist nun der Drang, nicht mehr aufzuhören; meine nächtlichen Fantasien, und unser beider Lippen, sich vollständig gegen das Universum verschworen.

Drei Tränen

Heute weine ich drei Tränen für Dich.
Ich weine eine Träne, weil Du so schnell gegangen bist.
Deine Abwesenheit ist überall spürbar.
Der Platz am Tisch, auf dem Du stets gesessen hast, ist nun leer. Das Bett, auf dem Du stets schliefst, bleibt jetzt kalt; schläfst Du nun woanders.

Ich weine eine Träne, weil ich Dich vermisse. So schmerzhaft ist der Gedanke, und so schwer ist es zu verstehen, dass Du nicht mehr bei mir bist.
Wie gern würde ich Dich noch einmal in den Arm nehmen und Dir sagen, dass ich Dich liebe.
Ich weine eine Träne, weil ich mich freue. Ja, richtig, ich freue mich. Ich freue mich, weil ich einer von so vielen Menschen auf der Welt bin, der das unsagbare Glück erleben durfte, Dich zu kennen und bedingungslos von Dir geliebt zu werden.
Ich freue mich, weil ich weiß, dass ich so viele schöne und wichtige Ereignisse mit Dir teilen durfte.
Ich freue mich, dass ich Dir so unglaublich nah war und wir uns auch ohne zu sprechen, immer verstanden haben.
Weine ich eine Träne, so ist es, weil Deine Abwesenheit schmerzt.
Weine ich eine Träne, so ist es, weil Du mir fehlst.
Weine ich eine Träne, so ist es Freude, die in mir aufkommt, denn ich durfte viele gemeinsame Wege mit Dir gehen.
Weine ich drei Tränen, so denke ich an die Erinnerung, ist sie doch alles, was mir bleibt.

Poesie, etwas Greifbares

Poesie ist greifbar für all jene, deren Blickwinkel weitreichend ist, für all jene, die es wagen, über den Tellerrand hinaus zu blicken.
Poesie ist greifbar für all jene, deren Liebe für sich selbst und für die Welt so tiefgehend ist, dass man sie auch nach Verblassen der Fußstapfen noch vernehmen kann.

Poesie ist greifbar für all jene, die aufmerksam nach der Poesie in allen Dingen des Lebens suchen und die Schönheit darin erkennen.

Ihre Gedanken, ihr Sein

Du suchst sie schon seit einer außergewöhnlich langen Zeit heim.
Ihre Art zu gehen, ihre Art zu sprechen. Die Art und Weise, wie sie ihr Haar trägt, welches Make-up sie auflegt, welche Kleidung sie trägt, die Veranstaltungen, auf die sie geht.
Du suchst sie schon seit einer außergewöhnlich langen Zeit heim.
Ihre Art zu denken, ihre Art zu leben. Die Art und Weise, wie sie sich ausdrückt, wenn sie von einer Angelegenheit spricht, die sie glücklich macht, wie sie ihrer Leidenschaft nachgeht und wie sie in den Tag lebt.
Du suchst sie schon seit einer außergewöhnlich langen Zeit heim.
Fällt es Dir auf? Bemerkst Du, was Du tust? Erkennst Du, dass auch sie Dich bereits seit einer außergewöhnlich langen Zeit heimsucht?

Die Unverfrorenheit der Menschen

Die Menschen sprechen, doch sprechen sie nicht die Wahrheit; die Menschen, sie sprechen, und Du wünschst Dir ein kleines bisschen Klarheit.

Die Menschen handeln, doch handeln sie nicht anständig; sie wollen Dich füttern mit beiden Händen, eine mit Wasser, eine mit Nahrung, doch füttern sie Dich stets nur einhändig.
Die Menschen denken, doch denken sie nicht rein; schenken sie Dir im Nachhinein mit ihrer Unverfrorenheit ein, unreinen Wein.

Enttäuschung und ihre Wahrheit

Erwarte viel, und Du wirst bitterlich enttäuscht.
Erwarte Nichts, und Du wirst ebenso enttäuscht.
Doch erwartest Du mehr, ist die Enttäuschung größer.
Erwartest Du weniger, ist die Enttäuschung kleiner.
Doch die Enttäuschung; sie ist da.
Doch die Enttäuschung; Du nimmst sie mit all Deinen Facetten wahr.

Positive Gedanken

Wenn der Tag anbricht, und Du dich fühlst, als könntest Du Dein Bett nicht verlassen; so erkenne, dass Du musst nur einen einzigen positiven Gedanken fassen.
Positive Gedanken, sie sind mächtig und direkt; sie verleihen unserem Denken und Handeln einen wunderbaren Effekt.
Erkenne, wie wundervoll und wertvoll Du doch bist; auf, dass Du niemals Deine positiven Gedanken vergisst.

Perfektionismus

Wenn es eine Sache gibt, die das Universum stets von dir abverlangt, dann ist es Perfektionismus. Lass Dich jedoch nicht beirren. Erkenne viel mehr die Schönheit und Einzigartigkeit in der Tatsache, dass Du mit all Deinen Ecken und Kanten am wunderbarsten bist. Nicht perfekt zu sein, bedeutet Realität. Nicht perfekt zu sein, bedeutet Ehrlichkeit. Nicht perfekt zu sein, bedeutet Vulnerabilität. Nicht perfekt zu sein, bedeutet Einfachheit. Erkenne den Wert der Ehrlichkeit in dem Fakt, nicht perfekt sein zu müssen, oder Du wirst für immer eine Lüge leben müssen.
Und sag mir; willst Du wirklich für immer lügen?

Lebe für Dich

Die Menschen werden nie gänzlich mit Dir zufrieden sein.
Die Menschen werden immer irgendwo nach einem Fehler in und an Dir suchen.
Die Menschen werden immer alles, das nicht ihrer persönlichen Norm entspricht, kritisieren.
Fang an, diesen Menschen so gegenüberzutreten, wie Du bist. Und lebe für Dich.
Lebe für Dich, denn es ist das Einzige, das zählt.

Ich durchschaue Dich

Ich durchschaue Dich und Du findest das ärgerlich.
Ich durchschaue Dich und Du verleugnest mich.

Ich durchschaue Dich und Du wirst ängstlich.
Ich durchschaue Dich, bis Du Dich selbst durchschaust und begreifst, Du willst mich.

Zu Hause

Sie war nun angekommen in der Stadt, die sie immer schon faszinierte und die sie immer schon einmal erblicken wollte. Die Architektur der Gebäude hinterließ ein unbeschreiblich imposantes Gefühl in ihren Adern. Sie konnte den Regen nicht bloß auf ihrem offenen Haar wahrnehmen, viel mehr roch sie ihn, inhalierte die Düfte, die er freisetzte und konnte spüren, wie er das Leben in ihr erweckte. Die Straßen, durch die sie spazierte, luden zu einer Menge Emotionen ein, die sie alle nicht ganz deutlich zuordnen konnte. Sie versuchte, nach einem passenden Wort zu suchen, das dem Eindruck, der sich ihr hinterließ, gerecht werden würde. Bis sie irgendwann wusste, dass es wohl kaum ein Wort dafür gäbe. Ihre Mitmenschen sahen sie an und waren gespannt, auf ihre Erzählungen: „Ich bin dort zu Hause", sagte sie.

Abschied

Als ich realisierte, dass Du nicht mehr zu mir zurückkommen würdest, schloss ich an diesem trostlosen Montagabend, völlig ausgezehrt und kraftlos, meine Augen. Denn ich wollte Dich in meinen Träumen finden, um Dir noch ein allerletztes Mal Lebwohl zu sagen.

Unerwartet fand ich etwas so viel Besseres dort; ich fand Dich ganz fröhlich und erheitert, als wärst Du vollkommen sorglos.

Du sprangst mir auf meine Beine und erklommst meine Brust, dann meine Schultern. Du warst so klein und wirktest plötzlich so groß.

Du sahst mir mit Deinen strahlenden Augen in meine und gabst mir einen Kuss auf die Wange. Zuerst einen, dann zwei, dann drei.

Ein Kuss, auf den ich zu Lebzeiten so lange wartete.

Nun küsstest Du mich in meinen Träumen, und ich wusste, Du nahmst Abschied.

Stille und Leere

Ohne Dich ist es so still und so leer.
So still und so leer, Du bist nicht mehr hier.
Ohne Dich ist es so still und so leer.
So still und so leer, Deine Anwesenheit fehlt.
Ohne Dich ist es so still und so leer.
So still und so leer, alles erinnert an Dich.

Ich bin stark

Erst, als ich zusammengekauert und weinend auf dem Boden des Badezimmers lag, erkannte ich, wie stark ich wirklich war, denn ich stoppte die Tränen und erhob mich wieder.

Erst, als ich das geschärfte Messer in der Hand hielt, erkannte ich, wie stark ich wirklich war, denn ich entschied mich, es wieder wegzulegen.

Erst, als ich ganz alleine war und merkte, dass niemand mir zuhört, erkannte ich, wie stark ich eigentlich war, denn ich wurde meine beste Freundin und meine beste Gesellschaft.
Ich war stark. Ich *bin* stark.

Lass Dich fallen, aber falle nicht

Wenn die Tage so schwer wie das Gewicht eines Granitblocks auf Dir lasten, lass Dich fallen, aber falle nicht.
Wenn sich der Knoten in Deinem Hals zu vermehren droht, und einfach nicht kleiner werden will, lass Dich fallen, aber falle nicht.
Wenn Du das Gefühl hast, dass die Trauer in Deinem Herzen nie mehr vergeht, lass Dich fallen, aber falle nicht.
Wenn die Wut in Dir ein regelrechtes Erdbeben auslöst, weil Dir gerade alles zu viel wird und Du nicht mehr weiter weißt, lass Dich fallen, aber falle nicht.
Lass Dich fallen, aber falle nicht. Der Aufprall selbst ist nämlich härter als der Fall an sich.

Bücher

Ich lebe in zwei ungleichen Welten. Ich lebe in einer Welt, die vor Realität gerade so strotzt. Diese Welt besteht aus echten Menschen, aus dem Gras, das sich von der Erde erhebt und den Äpfeln, die von den Bäumen fallen. Sie besteht aus spürbaren Emotionen. Zeitgleich lebe ich in einer Welt, die der Realität nicht besonders nahe kommt. Diese Welt besteht aus Kämpfen, die ich an Macbeths Seite geführt habe. Sie besteht aus den Momenten, in denen ich auf Julias Balkon in Verona Schritt fasste, bevor das Gift in meinem Körper mich zu töten drohte. Sie besteht aus einem inneren Dialog zwischen Goethe und mir und umfasst die Geschichten, die Anne Frank mir aus dem Zweiten Weltkrieg zukommen hat lassen. Diese Welt ist vielleicht nicht greifbar, und schon gar nicht erst ist sie real. Diese Welt ist etwas viel Besseres; sie ist die Welt der Bücher. Sie ist *meine* Welt.

Sternschnuppen am Himmel

Wie die Sternschnuppen, die am nächtlichen Himmel vorbeizischen; versuche ich Dich verzweifelt in all Deiner Schönheit zu erwischen.
Sie ziehen vorbei, so schnell, dass man kaum einen Blick erhascht; genauso fühle ich mich in den gemeinsamen Momenten mit Dir, da Deine Geschwindigkeit mich jedes Mal so sehr überrascht.
So atemberaubend wie die Sternschnuppen am Himmel; stichst Du heraus in all deiner Pracht in der Menge bunten Gewimmels.
Du zischst vorbei, so schnell, wirkst fast schon ein bisschen verschwommen; heiße mich doch bitte endlich in Deinem Himmel willkommen.

Deine Stimme

Deine Stimme treibt mich in den Wahnsinn.
Sie betäubt meine Sinne und lässt den Rest der Welt verblassen.

Deine Stimme treibt mich in den Wahnsinn.
Sie belebt meine Sinne und hinterlässt den Rest der Welt in gnadenloser Intensität.
Deine Stimme, meine Sinne. Eins.

Diamanten

Diamanten, Brillanten, sie haben Ecken und Kanten.
Diamanten, Brillanten, zu Perfektion sie sich bekannten.
Diamanten, Brillanten, gehören den Eleganten.
Diamanten, Brillanten, unter dem immensen Gewicht der Erde entstanden.
So lass Deine beschwerlichen Tage Dich unter ihnen formen zu einem Diamanten oder Brillanten, schätze stets Deine Ecken und Kanten, bekenne Dich niemals zu Perfektion und gehöre niemals nur den Eleganten.

Atme

Atme durch die Sorgen und hab keine Angst; ich weiß, dass Du gerade um Dein Leben bangst.
Atme und nimm dabei Deinen Körper wahr; sieh, wie der Wind weht durch Dein Haar.
Atme und stell' Dich stets gerade hin; in Dir eine gewaltige Kraft und außerordentlicher Mut wüten, sie sind ganz tief in Dir drin.
Atme durch die Sorgen und hab keine Angst; mit ein klein wenig Mut, Du sicherlich an Dein Ziel gelangst.

Tanzende Finger

Sieh, die Finger, wie sie miteinander tanzen, und in ihrem Geschehen zwischen zwei Menschen neues Leben pflanzen.
Sieh, die Finger, wie sie miteinander tanzen, wie sie schaffen neue Romanzen.
Wie tanzen sie, die Finger, fragst Du Dich? Sie halten aneinander fest und lösen sich augenblicklich.
Wie tanzen sie, die Finger, fragst Du Dich? Sie verleihen der Magie zwischen zwei Menschen Ausdruck, bis einer dem anderen plötzlich von der Seite wich.
Die Finger sich berührten, ineinander kaum beherrschbare Lust schürten.
Die Finger sich berührten, auf eigenartige Weise sie zwei Menschen zusammenführten.

Der Klang der Musik

Der Raum begann allmählich, sich zu füllen. Überall standen und saßen Menschen in unterschiedlichen Altersgruppen, kunterbunt gemischt. Fast schon so, als würden für diesen einen Augenblick, für diese wenigen Stunden Geschlecht, Rasse und Aussehen endlich einmal keinen besonderen Wert zugeschrieben bekommen. Man konnte die Aufregung und Nervosität der anderen regelrecht spüren. Es wurde dunkel, Lichter und all ihre Farben durchströmten den Raum, der Bass der Instrumente, die ertönten, durchdrang den Körper, man konnte ihn fühlen, wie den eigenen Herzschlag, viel besser noch, Bass und Herz wurden eins. Eine Stimme erhob sich, so sanft und so gewaltig, als könne sie Berge versetzen und die Unruhe des Meeres besänftigen. Der Klang der Musik durchdrang nun die Seelen.

Trau Dich

Wenn Du Dich aus Entmutigung am Boden krümmst,
und Du mit den Tränen in Deinen Augen lediglich Deine Ängste düngst,
so hab keine Angst und trau Dich nur,
der Mensch doch immer wieder durch seine schlimmsten Situationen wahre Stärke erfuhr.

Anders

Manche Menschen sind anders.
Sie sind anders in ihrer Denkweise, anders in ihrer Lebweise.
Manche Menschen sind anders.
Anders ist gut. Anders ist einzigartig.
Sei anders.

Wo bist Du?

Wo bist Du, ich suche Dich überall?
Dich zu suchen ist wie ein harter Aufprall.
Wo bist Du, ich suche Dich überall?
Am Boden bin ich nun angekommen und es gab einen lauten Knall.

Die Suche nach Dir erweist sich als recht schwierig.
Denn ich bin noch immer nach Dir ganz gierig.
Doch muss ich mir eingestehen, ich werde Dich niemals finden.
Mit dieser Gewissheit muss ich mich für dieses Leben wohl kläglich abfinden.

Du und ich

Ich möchte so gern über Dich hinwegkommen; ist die Situation, in der wir uns befinden alles andere als Klarheit, sehe ich doch immer nur verschwommen.
Und wenn ich es schaffe, über meinen Schatten zu springen; schaffst Du es doch immer wieder aufs Neue mein Herz zu erklimmen.

Tulpen auf dem Feld

Als Deine Arme meinen Körper umschlangen, da waren wir wie Tulpen auf einem Feld an einem frischen Sommermorgen.
Zuerst die Blüten noch geschlossen, und mit einem Ruck eröffnet, sodass man nun in das tiefe Innere der Tulpen Einblick nehmen konnte.
So fühlte es sich an, als Deine Arme meinen Körper umschlangen, und wir wie Tulpen auf einem Feld an einem frischen Sommermorgen zu sein schienen.
Meine Blüten zuerst stramm geschlossen, und mit einer einzigen Berührung prall geöffnet.
Wir waren wie Tulpen auf einem Feld, der Liebe ganz nah, die Liebe selbst.

Wenn der Regen fällt

Schöpfe aus dem Regen, der fällt, stets etwas Gutes; denn er nährt die Natur und das Tier, wie den Menschen des Menschen Blutes.
Der Regen, der fällt, bringt immer etwas Positives hervor; sorgt er für viele der Menschen und Tiere für großen Komfort.
Schöpfe aus dem Regen, der fällt, stets etwas Gutes; ist er für die Welt etwas unverzichtbar Absolutes.

Du weißt nicht

Wenn Du doch wüsstest, wie sehr ich mich nach Dir verzehre, wenn du im Abendrot an mir vorbeizischst.
Du weißt nicht.
Wenn Du doch wüsstest, wie sehr Deine Stimme meine Seele belebt, mich beruhigt und in mir ein schönes Gefühl hervorhebt.
Du weißt nicht.
Wenn Du doch wüsstest, wie gern ich Konversation mit Dir betreibe, und über die Tiefsinnigkeit des Lebens mit Dir philosophiere.
Du weißt nicht.
Wenn Du doch wüsstest, wie gern ich der Versuchung nachgeben und Dich zu dem Meinen ernennen würde.
Du weißt nicht.

Sag mir die Wahrheit

Denkst Du etwa, ich erkenne Deine musternden Blicke nicht?
Sag mir die Wahrheit, sag mir, Du willst mich.
Glaubst Du denn, ich sehe die Versuche, mir körperlich nahe zu sein, nicht?
Sag mir die Wahrheit, sag mir, Du willst mich.
Fühlst Du etwa die Leidenschaft zwischen uns nicht?
Sag mir die Wahrheit, sag mir, Du willst mich.
Sag mir die Wahrheit und verschweig' sie nicht.
Sag mir die Wahrheit, denn ich kenne Dich.

Mein Held

Du warst mein Held, als ich dringend eine helfende Hand brauchte; Du warst es, der in mir erneut das Leben einhauchte.
Du hast mich gerettet, als ich ohne jede Hoffnung schien; und die Depression mein Innerstes zerstörte wie Heroin.
Du hast mich geliebt, wo ich es längst nicht mehr für möglich hielt; Du warst es, der am Ende dann wusste, wie man mein Herz stiehlt.
Du warst meine Stimme, wenn ich nicht sprechen konnte; und hast meine Hand gehalten, wenn die Stille meine Seele zerbombte.
Du warst stark für mich, wenn ich viel zu schwach war; Du hast für mich ausgeschalten, jede Form von Gefahr.
Bei Dir bin ich sicher, das weiß ich; Du bist mein Held, ja, ich liebe Dich.

Glück und seine Bedeutung

Was bedeutet Glück eigentlich? Ich glaube, dass Glück etwas ist, das sich nur sehr schwer in Worte fassen lässt, ähnlich wie das Verliebtsein. Wenn man das Gefühl hat, nicht nur am Leben zu sein, sondern förmlich spüren kann, wie das Leben einem durch die Adern strömt. Ich glaube, das ist Glück. So fühlt es sich an. Glück ist das Gefühl, Vollkommenheit erreicht zu haben, obwohl der Mensch und seine Lebensumstände eigentlich meilenweit davon entfernt sind. Glück bedeutet immer irgendwo auch, mit dem Leben, und so, wie es ist, zufrieden zu sein, ohne etwas Monumentales beifügen zu wollen. Glück bezieht sich immer auch ein kleines bisschen auf die weniger großen Dinge im Leben. Zu erkennen, dass ein Dach über dem Kopf zu haben, warme Speisen essen zu können, sich etwas Schönes zum Anziehen leisten zu können und ein gemütliches Bett in den eigenen vier Wänden stehen zu haben, schon die höchste Form des Glücks ist, die man als Mensch überhaupt genießen kann. Manchmal ist weniger mehr und das Kleine ist groß.

Gib Dich zu erkennen

Wenn die Menge tobt, wütet und schreit, so gib Dich zu erkennen.
Sei laut. Brülle. Heb die Hände in die Höhe und streck die Beine aus.
Zeig den Leuten, dass Du anwesend bist und lass sie Deine Anwesenheit spüren.

Werden Fragen gestellt, so schrei Deine Antworten in die Menge.
Werden Kämpfe ausgeführt, so stell' Dich in die erste Reihe.
Gib Dich zu erkennen, denn Du bist wichtig.

Mach Dich nackt

Mach Dich nackt.
Mach Dich nackt, nicht auf erotische Weise.
Sprich die Worte aus, vor denen Du solche Angst hast.
Erzähl mir von Deinen Sorgen und Bedenken.
Mach Dich nackt.
Mach Dich nackt, nicht auf erotische Weise.
Erzähl mir von Deinen komplexesten Gedanken.
Sprich die Sätze, die Dich unsicher stimmen.
Mach Dich nackt und gib Preis, wer Du wirklich bist.

Ein Buch, tausend Emotionen

Ich könnte mich in diesem kleinen Buch verlieren. Ein so kleines Buch, das eine so große und tief verborgene Welt der erschütterndsten Gefühle verbirgt. Ein so kleines Buch, in dem ich mich selbst wieder erkenne. Ein so kleines Buch, das so viel mitzuteilen hat, so viel zu erzählen hat, dass ich mich dazu entschied, selbst eines zu schreiben.

Du bist wertvoll

Nicht jeder wird Deinen Wert erkennen; umso essenzieller ist es, für Dich selbst zu brennen.
Und wenn Du es dann einmal schaffst, alleine am Tisch zu essen; lernst Du, dich nicht mehr zu müssen, mit jedem messen.
Halt' dein Köpfchen stets hoch und geh mit geradem Rücken; und erlaube niemandem, Dich für ihn zu bücken.

Fragen und Antworten

Manchmal suchen wir nach Antworten auf die Fragen, die wir nicht mal richtig haben.
Vielleicht sind es aber auch eher die Fragen selbst, die die Antwort tragen.
Manchmal stellen wir Fragen, deren Antworten wir bereits kennen.
Vielleicht versuchen wir aber auch nur auf diese Weise, vor den richtigen Antworten wegzurennen.
Manchmal haben wir aber auch Antworten auf unsere Fragen.
Vielleicht helfen sie uns dabei, nicht mehr tiefer zu graben.

Weniger ist mehr

Wenn wir uns auf der Suche nach mehr befinden, müssen wir oftmals unser eigenes Ego überwinden.
Denn manchmal ist tatsächlich weniger mehr; auch wenn uns diese Erkenntnis fällt schwer.

Überdenken kann toxisch sein

Würde der Mensch nicht so viel Zeit damit verschwenden, jede seiner Entscheidungen zu überdenken; so würde er sich auffallend weniger einschränken.
Würde der Mensch nicht so viel Zeit damit verschwenden, jede seiner Entscheidungen zu überdenken; so würde er ganz offensichtlich nicht mehr seine Chancen schmälern und senken.
Würde der Mensch nicht so viel Zeit damit verschwenden, jede seiner Entscheidungen zu überdenken; so könnte er sich selbst so viele wertvolle Erfahrungen schenken.

Meilen

Die Meilen, die ich hinter mir hab', die machten mich zu dem, was ich heute bin.
Jeder Stein auf meinem Weg, über den ich schmerzvoll stolperte, hatte seinen Sinn.
Heute laufe ich dieselben Meilen, bloß mit erhobenem Kinn.

Facetten

Deine Facetten sind so umfangreich, manchmal hart und dann ganz weich.
Deine Facetten sind so umfangreich, manchmal neu und dann ganz gleich.
Deine Facetten sind so umfangreich, manchmal tief und dann ganz seicht.

Schmerz und wie die Welt sich weiter dreht

Das Problem mit dem Schmerz ist immer das; die Welt dreht sich weiter, ob Du ihn nun fühlst, oder nicht.
Schmerz muss aber nicht automatisch schlecht sein.
Schmerz gibt Dir zu verstehen, dass Du lebendig bist, dass Du fühlst.
Schmerz gibt Dir zu verstehen, dass Du Menschen und Umständen Relevanz zukommen lässt.
Schmerz möchte immer auf eigene Art und Weise ganz brutal gespürt werden.
Schmerz möchte Dich aber auch stärken.
Schmerz möchte Dir zu verstehen geben, dass Du alles überleben kannst, wenn Du es nur willst.
Schmerz ist die Möglichkeit zu wachsen.
Schmerz zeigt Dir, dass die Welt sich immer weiter drehen wird, ob in guten, oder in schlechten Zeiten.
Halte daran fest und lass den Schmerz Dich überkommen und stärken.

Blut, Schweiß und Tränen

Das hier ist das Blut, der Schweiß und die Tränen von vierundzwanzig Jahren.
Von vierundzwanzig Jahren, die nicht immer leicht waren.
Von vierundzwanzig Jahren, nicht immer ganz klaren.
Das hier ist das Blut, der Schweiß und die Tränen von vierundzwanzig Jahren.

Die Güter dieser Welt

Lass die Güter dieser Welt Dich überkommen, diese prächtigen, frommen.
Erfreue Dich an dem Sonnenlicht bei Anbruch des Tages, als sei es etwas vollkommen Rares.
Lass den Mond deine Seele beflecken, und lass Dich nicht von seinem poetischen Sein abschrecken.
Lass zu, die Tiefgründigkeit dieses Lebens, bevor Du am Ende Deiner Lebzeit die schönen Momente suchst, ganz vergebens.

Etwas Neues ist geboren

Wo ein Dichter seinen Stift in die Hand nimmt, das Papier nach Unebenheiten absucht und letztlich glatt streift; dort entsteht eine neue Welt. Dort wird etwas Neues geboren. Und sei gewiss, dass dies etwas Beständiges ist.

Die vier Jahreszeiten

Spüre die Wärme und die Macht der Sonne, wenn sie Dich bereits früh am Morgen mit ihren Sonnenstrahlen erwärmt und Dein Herz und Deine Seele mit Freude und Gelassenheit erfüllt. Der Sommer ist gekommen.
Rieche den Duft der Blumen, wenn ihre Blüten aus allen Zweigen hoch oben in der Baumkrone sprießen und Dein Herz und Deine Seele mit Dankbarkeit und Hoffnung erfüllen. Der Frühling ist gekommen.

Höre das sanfte Rascheln der Blätter in den Bäumen, wenn der kühle Wind durch sie hindurch weht, wie sie sich zu einem Haufen auf dem Boden zusammentun und dem grauen, fahlen Himmel noch ein wenig Farbe verleihen und Dein Herz und Deine Seele mit Inspiration und auch ein wenig Nostalgie erfüllen. Der Herbst ist gekommen. Sieh den Schneeflocken zu, wie sie still und leise vom Himmel herabfallen und der See am Rande des Waldes langsam aber sicher zufriert und Dein Herz und Deine Seele mit Zufriedenheit und Liebe erfüllen. Der Winter ist gekommen.

In meinen Armen bist Du zu Hause

Die Welt da draußen kann manchmal grausam und gemein sein;
sei gewiss, Du kannst Dich an meiner Schulter jederzeit auswein'.
Schäme Dich nicht für Deine Emotionen;
in meinen Armen bist Du zu Hause, hier können sie grenzenlos wohnen.
Erzähl' mir alles und fühl' Dich sicher bei mir;
in meinen Armen bist Du zu Hause, es ist ein wohl behütetes Revier.

Ich denke an Dich

Morgens, wenn ich mir meine Jeans überziehe und mir meine Haare zu einem Zopf zusammenbinde, so denk' ich an Dich; es macht mich fertig.

Mittags, wenn ich mir die feinsten Zutaten auf der Zunge zergehen lasse und bei einem Nachmittagskaffee die Sonne im Gesicht genieße, so denk' ich an Dich; es macht mich fertig.
Nachmittags, wenn bei einem herrlichen Spaziergang am Flusse die Enten quaken und in Scharen umherschwimmen, so denk' ich an Dich; es macht mich fertig.
Abends, wenn ich dann im Bett lieg', und die schönen Momente eines jeden atemberaubenden Tages Revue passieren lass', so denk' ich an Dich; es macht mich fertig.
Ich denk' an Dich zu jeder Stund', mag der Tag auch sein ganz kunterbunt.
Ich denk' an Dich zu jeder Zeit, obwohl es ist, zu meinem Leid.

Imposante Worte

Manchmal sitzt sie da, und weiß nicht recht, wo sie anfangen soll.
Worte in ihrem Kopf, ganz durcheinander, alles chaotisch, keine Ordnung vorhanden.
Der Blick starr auf das Stück Papier gerichtet, das nun schon seit knapp einer Stunde vor ihr liegt, schon ganz verstaubt, immer noch leer.
Der Stift in ihrer Hand, den sie hektisch nach vorn und nach hinten wippen lässt.
Die Luft tut sich in ihren Lungen auf, ihr Herzschlag verdoppelt, ganz aufgeregt.
Sie kratzt sich an den Händen, immer und immer und immer wieder.

Worte in ihrem Kopf, ganz durcheinander, alles chaotisch, keine Ordnung vorhanden.
Die Worte so imposant, so umfangreich, sie weiß nicht, wo sie sie platzieren soll, wie sie mit ihnen umgehen soll.
Der Blick noch immer starr auf das Stück Papier gerichtet, doch der Stift nähert sich ihm endlich.
Sie stößt die Luft in ihren Lungen aus, ihr Herzschlag reguliert sich, die Aufregung fällt.
Die Hände nun nicht mehr mit blutigen Kratzern versehen, viel mehr aber mit Tinte.
Imposante Worte in ihrem Kopf, imposante Worte auf Papier, eine neue Welt entsteht.

Wachse

Du wirst stolpern, Du wirst fallen; da hilft es leider auch nicht, sich anzuschnallen.
Du wirst getreten, Du wirst verletzt; Du wirst das Gefühl haben, dass jeder sich gegen Dich aufhetzt.
Du wirst beleidigt, Du wirst verlassen; und wirst dadurch ganz unangenehme Gefühle auffassen.
Lass aber nicht zu, dass diese Welt Dich schwächt; lass viel eher zu, dass sie Dich stärkt und geh' mit dem Schmerz stets aufrecht.
Nimm heraus, aus all den negativen Situationen immer etwas Positives; und merke, wie sich dadurch in Dir etwas ändert, etwas weitreichend Massives.
Lass zu, dass diese Welt Dich stärkt; auch, wenn die Art und Weise, das zu tun, etwas ganz Schmerzvolles beherbergt.

Du bist schön

Du bist schön, wenn du stotterst, weil Du vor lauter Nervosität kaum einen adäquaten Satz hervorbringst.
Du bist schön, wenn Du morgens erwachst und Deine Haare Dir zu Bergen stehen, weil Du dich von links nach rechts und von rechts nach links gewälzt.
Du bist schön, wenn Dir zuerst eine, dann zwei, dann drei Tränen über die Wangen kullern, weil Deine Emotionen dich übermannen.
Du bist schön, weil Du nicht perfekt bist, ja, so schön.

Ich über Dich

Kennst Du das, wenn es Dir so leicht fällt, etwas Schönes über jemanden zu sagen, dass es fast schon sehr schwer ist, weil Du so viele schöne Dinge über jemanden sagen kannst und nicht weißt, wo du anfangen sollst?
So geht es mir mit Dir. Du denkst ich durchschaue Dich nicht, aber Du irrst Dich. Ich durchschaue jede Deiner Handlungen, jeden Deiner Töne, jede Deiner Gestiken und Deine Mimik. Die Art und Weise, wie Du sprichst, wie Du Dich gibst, einfach alles.
Manch einer würde meinen, Du seist eigenartig. Komisch. Bizarr. Ich hingegen liebe das an Dir. Du bist nicht, wie die anderen. Du legst mit Deinem ganz eigenen Humor ein Verhalten an den Tag, das nicht jeder verstehen kann. Manche würden sogar behaupten, Dein Humor kennt keine Grenzen, weiß nicht, wo er aufhören soll. Doch diese Hemmungslosigkeit ist Deine Art, freundlich zu sein. Ist Deine Art, für andere da zu sein. Ist Deine Art, andere glücklich zu machen, sie

zum Lachen zu bringen. Du bist anders, aber Gott, ich lieb's so sehr. Bitte bleib, wie Du bist. Denn ich durchschaue Dich.

Die Splitter meiner selbst

All die Splitter, die Du auf dem eiskalten Boden von mir erkennst; sie alle hab' ich wieder zusammengeflickt.
All die Splitter, die Du auf dem eiskalten Boden von mir erkennst; sie alle hab' ich wieder zusammengeklebt.
All die Splitter, die Du auf dem eiskalten Boden von mir erkennst; sie alle hab' ich wieder zusammengefügt.
Doch was resultiert aus Splittern, die man wieder zusammenfügt?
Das Kunstwerk wird nie wieder so aussehen, wie es zuvor noch aussah, bevor es kaputt ging, bevor es zerbrach und in tausend kleine Stückchen zerfiel.
Doch bleibt es trotzdem ein Kunstwerk.
Ich bin unkaputtbar.

Sie sind nicht Du

Sie sehen mich an, doch nicht, wie Du.
Sie schenken mir einen Teil ihrer Aufmerksamkeit, doch nicht, wie Du.
Sie sprechen mit mir, doch nicht, wie Du.
Sie schreiben mir, doch nicht, wie Du.
Sie lächeln mich an, doch nicht, wie Du.
Sie sind nett zu mir, doch nicht, wie Du.
Sie sind gut aussehend, attraktiv, doch nicht, wie Du.
Sie sind nicht Du.

Deine Superkraft

Und wenn Du am Ende eines jeden Tages feststellst, dass niemand so wie Du ist, niemand mit Dir zu vergleichen ist und Du auf Deine ganz eigene Art und Weise etwas Besonderes bist; dann erkennst Du die Macht in dieser Tatsache. Du erkennst, wie mächtig *Du* bist. Niemand ist wie Du, und das ist deine Superkraft.

Lass los

Du hältst an dem Stück Seil fest, als ginge es um Leben und Tod. Du hältst so innig und so kraftvoll daran fest, als gäbe es keine andere Wahl, als wärst Du damit verwachsen.
Doch hast Du jemals daran gedacht, dass dieses Seil sich in dir festbohrt? Es trägt bereits so viele Risse, die so scharfkantig sind, dass sie sich in Deine Haut hineinfressen und Dir Wunden zufügen. Es schnürt Deine Gefäße ab, sodass die Hand, mit der Du es stets festhältst, früher oder später abstirbt. Es versorgt Dich nicht mit den Nährstoffen und der Liebe, die Du verdienst. Es gibt Dir nicht die Freiheit, nach der Du dich so sehr sehnst. Es tut Dir nicht gut, wie Du einst zu glauben wagtest.
Lass los.
Lass ab.
Und Du wirst sehen, wie Deine Wunden heilen.
Du wirst sehen, wie *Du* heilst.

Vier Elemente

Erde brennt.
Feuer entfacht.
Luft verstärkt.
Doch Wasser löscht.
So sag mir; welches Element ist wohl das Stärkste?

Die Wanderin

Fest entschlossen, mit unaufhaltbarem, unzerstörbarem Willen in die Stiefel geschlüpft, den Kieselsteinen entlang.
Der Weg uneben, dennoch faszinierend.
Höhen und Tiefen, jeden Tag, jede Nacht.
Mal der Mond, mal die Sonne, mal der Wind, mal der Regen.
Schnaufend den Berg hinauf, manchmal abgerutscht, manchmal mühelos erklommen.
Auf einer Fährte, die niemand sonst kannte.
Mal geradeaus, mal abgebogen, links, rechts, im Zickzack.
Unwetter und Sonnenschein.
Freude und Leid, Erfolg und Misserfolg.
Lachen und Weinen, immer auf zwei Beinen.
So wandere ich durchs Leben.

Folge Deinem Herzen

Wenn das Herz uns etwas mitteilt, sollten wir ihm besser folgen.
Jedem einzelnen Schlag, als würde es für uns sprechen.

Wenn das Herz uns etwas mitteilt, sollten wir ihm besser folgen.
Jedem einzelnen Schlag, als würde es uns den Weg weisen.
Das Herz, es spricht in seinem eigenen Dialekt.
Das Herz, es führt uns auf einen für uns unerklärlichen Weg.
Lasset uns unserem Herzen folgen.
Das Herz lügt nie.

Hass

Hass ist etwas, mit dem wir uns selbst belegen; sollten wir unsere Seelen doch mit etwas viel Schönerem pflegen.
Hass ist ein Fluch, der Schlimmes hervorbringt; weil er doch so tief in uns eindringt.
Liebe ist essenziell, versuchen wir zu lieben; Hass hat auf dieser Welt doch schon viel zu viel Gutes vertrieben.
Tauschen wir ein, den Hass gegen die Liebe; und lasset uns damit verhindern, so viele Kriege.

Der Kampf gegen Dich selbst

Der einzige Kampf, den es sich lohnt, zu gewinnen, ist der Kampf gegen uns selbst.
Der Kampf gegen die Missgunst uns selbst gegenüber.
Der Kampf gegen den Selbstzweifel, der uns einnimmt.
Der Kampf gegen unsere eigenen Dämonen.
Der Kampf gegen die Gespenster, die in uns einflüstern.
Und wenn wir diesen Kampf gewinnen, sind wir siegreich.

Siegreich, weil wir etwas so viel Wertvolleres erlangen, als man sich jemals vorstellen könnte.
Wir erlangen uns selbst, denn wir gewinnen für uns.

Smalltalk

Wieder einmal nimmst Du mich ein mit Deinem ganzen Wesen, der Art und Weise, wie Du bist.
„Wie geht es Dir?", fragst Du mich.
„Danke, ganz gut. Und wie geht es Dir?", antworte ich.
Smalltalk hier. Smalltalk dort. Überall nur Smalltalk.
Die Arbeit? Interessiert mich nicht.
Deine Kollegen? Interessieren mich noch weniger.
Dein Schlafmangel? Schon eher.
Was Du zuletzt gegessen hast? Nicht wirklich.
Smalltalk hier. Smalltalk dort. Überall nur Smalltalk.
Dabei hab' ich Dir doch so viel zu sagen.
Ich will wissen, was Dir Angst macht.
Ich will wissen, wohin Du als nächstes reist, und warum.
Ich will wissen, welche Gedanken Dich quälen, bevor Du abends Deine Augen schließt.
Ich will wissen, was Dich glücklich macht, und warum.
Ich will wissen, wie Du mit dem Tod Deiner Großeltern umgegangen bist.
Ich will wissen, wie die schwierigste Zeit Deines Lebens aussah, und wie Du darüber hinweggekommen bist.
Ich will Dich kennenlernen.
Aber zwischen uns herrscht nur Smalltalk. Smalltalk hier. Smalltalk dort. Überall nur Smalltalk.
Und ich hasse diesen Smalltalk.

Wie ein Vogel

Sei frei, wie ein Vogel, lass Dich treiben; und setz' Dich bequem dort ab, wo Du möchtest, bleiben.
Sei frei, wie ein Vogel, flieg' hin wohin Du willst; und merke da, wie aus Dir die Glückseligkeit quillt.
Sei frei, wie ein Vogel, leb' in den Tag hinein; und genieße während des Fluges den warmen Sonnenschein.

Die kleinen Gesten im Leben

Schenke heut' auf der Straße jemandem Dein Lächeln,
sei stark, wo andere schwächeln.
Nicke freundlich mit dem Kopf und erhalte Dankbarkeit,
und vermeide durch ein nettes Wörtchen, so manchen Streit.
Manchmal sind's die kleinen Gesten im Leben,
die uns von der faden Menge abheben.

Das Flüstern des Universums

Dort, wo Du Dich am schwächsten siehst,
die Verbitterung spürst,
den Tränen nahe bist,
und Dir der Boden unter den Füßen weggezogen wird,
flüstert das Universum Dir zu: „Ich habe Dir diesen Kampf auferlegt, weil ich weiß, dass Du ihn gewinnen kannst".

Des Lebens Pläne

Manchmal schmiedet das Leben eigene Pläne; ja, manchmal, da kriegt man bei diesem ständigen Hin und Her eine schreckliche Migräne.
Des Lebens Pläne manchmal recht amüsant; wie es uns mit ewiger Warterei gelegentlich auf die Folter spannt.
Doch mit Gewissheit, es hat alles einen Sinn; wo ein Ende, da ein Beginn.

Veränderungen

Sie veränderte sich.
All die Schicksalsschläge, die sie zu verkraften hatte, veränderten sie vom Inneren heraus.
Ihre Art zu denken, ihre Art zu handeln.
Mit all den Schlägen, die sie einstecken musste, den abscheulichen Worten anderer, die sie ertragen musste, änderte sich ihr Grundwesen.
Sie trat stärker hervor, als sie es jemals für möglich hielt.
Sie veränderte sich.

Das Begräbnis

Da stand ich also. Ganz in schwarz gekleidet. Die Haare mit einer schwarzen Klammer hochgesteckt und mit ein wenig Haarspray gebändigt. Das Make-up wie immer präzise aufgetragen, denn dies war ein besonderer Tag. Ein besonderer Anlass. Ich führte an jenem Tag jede Menge innerer Monologe. Ich sprach mir gut zu und hielt an den positiven und schönen Aspekten des Lebens fest. Niemand nahm Notiz von den Ereignissen eines jenen Tages. Nur ich allein wusste davon. Ich setzte einen Fuß vor den anderen und schritt langsam voran. Mir war bewusst, dass nun der Zeitpunkt des Abschieds gekommen war. Ich hätte es nie für möglich gehalten, dass dieser Tag einmal kommen würde, und plötzlich holte er mich mit einer solchen Geschwindigkeit, mit einer solchen Wucht ein, dass es mir fast schon Angst machte zu erkennen, wie schnell die Zeit doch an uns vorbeistrich. Da stand ich also. Ganz in schwarz gekleidet. Die Haare mit einer schwarzen Klammer hochgesteckt und mit ein wenig Haarspray gebändigt. Das Make-up wie immer präzise aufgetragen, denn dies war ein besonderer Tag. Ein besonderer Anlass. Ich blickte in den Abgrund und verabschiedete mich. Ich verabschiedete mich von mir selbst. Von dem Menschen, der ich einmal war, von dem Menschen, der ich nie wieder sein will, von der schlechten Version meiner selbst. Noch nie in meinem ganzen Leben war ich so glücklich, Abschied zu nehmen. Denn ich wusste, ich war neu geboren; ich wusste, ich war nun ein besserer Menschen. Leb' wohl, altes Ich, mach's gut auf Deiner Reise. Und trau Dich bloß nicht, jemals wiederzukommen.

Zeit und Erwachsensein

„Eines Tages wirst Du Dir wünschen, Du wärst niemals erwachsen geworden. Dass Du wieder ein Kind wärst, sorgenfrei durch die Straßen spazierst, Dein Herz frei von all der Last, die Du mit Dir tragen wirst, wenn das

Erwachsensein Dich einholt.". Ein Satz, den ich über geraume Zeit immer und immer wieder zu hören bekam. Doch muss ich dem leider widersprechen. Denn nichts ist so schön, wie die Unabhängigkeit, die das Erwachsensein mit sich bringt, die Freiheit, die man genießt und die Erfahrungen, die man durchlebt. Ich kann reisen, wohin ich will und brauche niemanden, der mir die Hand hält. Ich kann mir kaufen, was ich will, ohne mir zuerst das Einverständnis eines zweiten einholen zu müssen. Ich kann anziehen, was ich will, und muss nicht vorerst um Erlaubnis bitten. Ich kann nach Hause kommen, wann ich möchte und muss keine Regeln befolgen.
Aber bei Gott; wer hätte gedacht, dass das Einzige, das ich mir an diesem Punkt wünsche, Zeit ist. Zeit, die ich früher für so selbstverständlich hielt. Zeit, die früher genauso schnell verging, wie jetzt, nur wesentlich unauffälliger. Zeit, von der ich früher gedacht hätte, dass sie immer irgendwie beständig sein würde.
Könnte ich um eine einzige Sache bitten, so wäre es die Zeit.
Zeit, um noch mehr Dinge zu erleben.
Zeit, um noch öfter die Möglichkeit zu haben, mit meinen Liebsten beisammen zu sein, bevor der liebe Gott sie von mir nahm.
Zeit, um zu leben.

Unausgesprochenes

Du sprichst, ich schweige.
Du bewegst Dich, ich stehe still.
Du blickst mich an, ich senke meinen Blick.
Dabei habe ich Dir doch so viel zu sagen.

Dabei möchte ich doch Dein Spiegelbild sein.
Dabei möchte ich Dir doch in Deine Augen sehen.
Ich habe Dir so viel zu sagen, doch wann immer wir uns begegnen, verstumme ich.
Als hätte man mir meinen Mund zugenäht.
Ich bin nicht ich selbst.
So viel Unausgesprochenes.

Mondschein

Der Himmel so dunkel und schwarz wie das Nichts.
Geziert von mikroskopisch kleinen Punkten, glänzende, glitzernde Punkte.
Alle verteilt in der Unendlichkeit.
Der Mond, so voll, so groß, so hell.
Er umhüllt seine Untertanen mit seinem Schein.
Mondschein in der Nacht, so fesselnd, so prächtig.

Dein eigenes Glück

Erneut ertappst Du Dich dabei, wie Du versuchst, Dich auf die Suche nach Mehr zu machen.
Das Fragezeichen möchtest Du austauschen, und stattdessen ein Ausrufezeichen an seinem Ort platzieren.
Du ertappst Dich dabei, wie Du Dir die Frage stellst, ob Geld es vielleicht vermag, Dich Deinen Zielen näherzubringen.
Du fragst Dich, ob Reisen es sind, die Dich erfüllen.
Du glaubst, dass der Mensch neben Dir möglicherweise Dein Seelenverwandter oder Deine Seelenverwandte ist.
Falsch.

Sei die Tür, die Dir die Möglichkeit eröffnet, einen Weg zu gehen, der Dich Dir selbst näher bringt.
Sei Dein eigenes Glück.

Sprich die Wahrheit

Worte machen uns verletzlich, zerstörbar; sie machen uns aber auch hörbar.
Worte sind mächtig, Worte sind prächtig; sie machen uns manchmal sehr verdächtig.
Wir sprechen über so viel Belangloses, haben die Fähigkeit zu kommunizieren verloren; dabei wurden wir Menschen mit der Fähigkeit offen zu sprechen, doch als recht glücklich auserkoren.
Sollten wir doch endlich anfangen, über unsere Gefühle zu sprechen; und das ganz ohne zu denken, es würde uns schwächen.
Lasset uns die Wahrheit sprechen; tun wir dies nicht, so werden sich früher oder später unsere Herzen rächen.

Spuren

Die Spuren, die manche Menschen in unserem Leben hinterlassen, sind mächtig.
Selbst die Ewigkeit wird es nicht schaffen, sie zu verwischen.
Wir spüren sie auf unserer Seele, an jedem einzelnen Tag.
Sie begleiten uns, und stützen uns. Manchmal tun sie aber auch verdammt weh.
Es ist, als wäre das Herz in Ketten gelegt.
Es gibt kein Entkommen.

Die Macht des Menschen

Und von all den Dingen, zu denen der Mensch, ein eigentlich so unbedeutsames Wesen, in diesen breiten Galaxien die Macht hat, setzt er den Krieg an die erste Stille. Wie erbärmlich das doch ist.

Fremde

Ist es nicht äußerst merkwürdig, wie wir heute aneinander vorbei laufen, als wäre zwischen uns nie etwas geschehen?
Du berührtest meine Hand, als ich die Deine brauchte.
Du wuschst mir die Tränen aus dem Gesicht, als ich weinte.
Du halfst mir auf, als ich am Boden lag und mich fühlte wie ein Nichts, wie ein Häufchen Elend, ein Staubkorn, das man vom Boden aufklaubte und in die Mülltonne warf, weil es bloß störte.
Heute passierst Du mich, doch Du reagierst nicht.
Wir sind nur noch Fremde, die einen Teil der Seele des anderen hüten, mit all ihren Geheimnissen, eine Art Verborgenheit, die nur wir beide kennen.

Eine Brücke aus Feuer und ein Lächeln

Der Wind, der mir um die Ohren blas, war heiß.
Überall Rauch.
Dicke, dunkle Wolken aus Asche.
Unter mir der Abgrund.

Eine dünne Brücke ohne Geländer, eine Brücke, die keinerlei Halt versprach.
Ich setzte einen Fuß auf sie und verbrannte mich dabei.
Hitze, glühende Hitze.
Ein tiefer Atemzug folgte, bevor ich es schließlich wagte, die Brücke zu überqueren.
Ein Lächeln. Ich lächelte.
Ein Gefühl. Ein vertrautes Gefühl.
Hölle. Herausforderung.
Ein Lächeln. Ich lächelte wieder.
Denn ich kannte die Hölle, in der ich mich befand.
Eine Hölle, die sich Angst nennt. Eine Hölle, die sich Beklommenheit nennt. Eine Hölle, die sich Herausforderung nennt.
Und was ist gefährlicher, als die Hölle, die sich Herausforderung nennt und von Angst und Beklommenheit besessen ist?
Eine Frau, die ihr lächelnd zuzwinkert.

Zuversicht

Was lässt Dich wissen, was Zuversicht ist? Hoffnung?
Wenn Du weißt, dass alles, was Dir gerade passiert, zu Deinem absolut Besten ist.
Und hast Du diese Form der Zuversicht erst einmal erreicht, bist du unzerstörbar.
Also; sei zuversichtlich.

Zeit

Zeit ist unser größter Feind, ebenso unser bester Freund.
Zeit tötet.
Zeit heilt.
Zeit zerstört.
Zeit richtet auf.
Nutze sie.

Irgendwo ist ein Licht

Und wenn Du gerade schwere Zeiten durchlebst, und das Gefühl nicht loswirst, zu ertrinken. Wenn Du denkst, dass alles nur mehr schlimmer wird und der Rettungsring im tiefen Wasser fortzuschwimmen droht, so denke stets an eins; wo es bereits am dunkelsten ist, kann es nur noch heller werden.

Die Worte, die ihre Taten vermissen

Worte lassen sich so ungeheuerlich einfach mit der Tastatur, vor der Du sitzt, in den Bildschirm tippen.
Der Stift liegt gleich in Deiner Hand und schwingt elegant über das Blatt Papier, das Du vor Dich hingelegt hast.
Das Wortgeflecht, das sich zunehmend in Deinem Munde sammelt, ist leicht auszuspucken.
Doch wie steht es um die damit verbundenen Taten?
Die Worte, die Du einst getippt, die Du einst geschrieben, die Du einst gesprochen; sie alle waren Lügen, denn keinem Einzigen bist Du gefolgt.

Herz über Kopf

Manchmal geschehen Dinge, die der Kopf bereits versteht, doch das Herz niemals wird.

Blumen

Der Mensch in seinem Leben wächst heran, wie eine Blume aus der Erde.
Ob und wie sie wächst, ist abhängig von den Menschen, die sie gießen.
Regelmäßigkeit, Beständigkeit und Liebe sind ihr Motivator.
Sind diese nicht vorhanden, wird die Blume nicht wachsen.
Genauso wie wir Menschen dann nicht wachsen.
So entscheide mit Bedacht, wem Du die Erlaubnis erteilst, Dich zu gießen.

Gegen eine Wand

Manchmal fühlt es sich so an, als würde ich gegen eine Wand laufen.
Ich nehme immer wieder Anlauf, jedes Mal mit mehr Ruck und jedes Mal mit mehr Entschlossenheit, doch niemals erhält sie auch nur einen Riss.
Bis ich mich entschied, einen Hammer in die Hand zu nehmen und mit voller Wucht dagegen zu schlagen.
Da bröckelten auch schon die ersten Stückchen.
Hartnäckigkeit macht sich bezahlt.
Immer.

Die Autorin

Jasmin Wessner ist Krankenschwester und Autorin mit Leib und Seele. Geboren am 12. März 1999 in Wien, lebt die willensstarke, humorvolle, teils chaotische Autorin ein so achterbahnreifes Leben, wie es dieses dem von ihr erstmalig verfassten Werk „Auf ein Wort" in jeder Hinsicht gleichtut. 24 Jahre auf Papier; emotional, spannend, fesselnd – und absolut ehrlich – teilt sich die 24-Jährige mit.

Der Verlag

„ *Wer aufhört
besser zu werden,
hat aufgehört
gut zu sein!*

Basierend auf diesem Motto ist es dem novum Verlag ein Anliegen, neue Manuskripte aufzuspüren, zu veröffentlichen und deren Autoren langfristig zu fördern. Mittlerweile gilt der 1997 gegründete und mehrfach prämierte Verlag als Spezialist für Neuautoren in Deutschland, Österreich und der Schweiz.

Für jedes neue Manuskript wird innerhalb weniger Wochen eine kostenfreie, unverbindliche Lektorats-Prüfung erstellt.

Weitere Informationen zum Verlag und
seinen Büchern finden Sie im Internet unter:

w w w . n o v u m v e r l a g . c o m